(N° 195)

Vente du Lundi 20 Décembre 1900

HOTEL DROUOT — SALLE N° 9

N° 52 du Catalogue.

ESTAMPES DU XVIIIᵉ SIÈCLE

PORTRAITS

Mᵉ ANDRÉ DESVOUGES   M. LOYS DELTEIL

CATALOGUE

DES

ESTAMPES

DU

XVIIIᵉ SIÈCLE

ŒUVRES

DE

ALIX, ARDELL, BAUDOUIN, BOUCHER, DEMARTEAU,
EARLOM, FRAGONARD, HUET, JANINET,
LAVREINCE, QUENEDEY, JOSHUA REYNOLDS,
RUSSELL, A. WATTEAU, etc.

EAUX FORTES DE REMBRANDT

Dont la vente aura lieu

à Paris, HOTEL DROUOT, Salle Nᵒ 9

Le Lundi 20 Décembre 1909

à 2 heures précises

Par le Ministère de Mᵉ ANDRÉ DESVOUGES

COMMISSAIRE-PRISEUR

26, Rue de la Grange-Batelière

Assisté de M. LOYS DELTEIL, Artiste-Graveur, Expert

2, Rue des Beaux-Arts

CONDITIONS DE LA VENTE

Elle sera faite au comptant.

Les adjudicataires paieront *dix pour cent* en sus des enchères.

M. Loys Delteil remplira les commissions que voudront bien lui confier les amateurs ne pouvant y assister.

MM. les amateurs pourront visiter la collection, 2, *rue des Beaux-Arts*, du Mardi 14 au Samedi 18 Décembre 1909, de 2 heures à 5 heures.

Le Peintre-Graveur Illustré

(XIXᵉ & XXᵉ SIÈCLES)

par LOYS DELTEIL

OUVRAGE HONORÉ D'UNE SOUSCRIPTION DU MINISTÈRE DE L'INSTRUCTION PUBLIQUE

ET DES BEAUX-ARTS

TOME Iᵉʳ — MILLET, ROUSSEAU, etc. . . . . . Épuisé.

TOME II — CH. MERYON . . . . . . **25** fr. et **20** fr.

TOME III — INGRES — EUG. DELACROIX

45 Exemplaires de luxe (*presque épuisés*). . . . . **50** francs
300 — . . . . **25** —
100 — (sans l'eau-forte de Delacroix). . . . . . **20** —

TOME IV — ANDERS ZORN

350 Exemplaires avec l'eau-forte originale. . . . . **40** francs
150 — (sans l'eau-forte). . . . . **30** —

EN SOUSCRIPTION :   **POUR PARAITRE EN FÉVRIER 1910**

TOME V consacré à COROT

50 Exemplaires de luxe, avec une eau-forte originale de
Corot, le *Dôme florentin, avant la lettre*, sur japon. . **50** francs
350 Exemplaires ordinaires, avec l'eau-forte avec la lettre . . **20** —
100 — — sans l'eau-forte . . . . **15** —
A l'apparition de l'ouvrage, le prix en sera porté, pour les exemplaires
de luxe à **70** fr., et les exemplaires ordinaires à **25** fr. et à **20** fr.

EN PRÉPARATION :   **POUR PARAITRE EN AVRIL 1910**

TOME VI consacré à
RUDE, BARYE, CARPEAUX, RODIN

LE PRIX DE SOUSCRIPTION AU TOME VI SERA PROCHAINEMENT FIXÉ

BULLETIN DE SOUSCRIPTION

(A renvoyer à M. LOYS DELTEIL, 2, rue des Beaux-Arts)

Je, soussigné, déclare souscrire à _______________ *exemplaire*

du Tome Vᵉ du PEINTRE-GRAVEUR ILLUSTRÉ, au prix

_______________ *francs l'exemplaire.*

Signature et Adresse:

DÉSIGNATION

ADRESSES, ARMOIRIES et CURIOSITÉS

1. Armoiries — dessus de tabatières — cartes, etc., 29 pl., plusieurs du XVIIIe siècle.

2. Dessus de boîtes (Restauration), 24 pl. tirées en 2 tons.

ALIX (P. M.)

3. Michu, portrait surmontant les scènes de *Blaise et Babet* et de *Paul et Virginie*. Superbe épreuve *imp. en couleurs*, à grandes marges.

4. Dubus de Préville, portrait surmontant les scènes du *Menteur*, des *Folies Amoureuses* et du *Mercure galant*. Très belle épreuve, *imp. en couleurs*.

5. Buffon — Linné. Deux pièces. Belles épreuves, *imp. en couleurs*.

6. Diderot — Candillac — Mably. Trois pièces. Belles épreuves, *imp. en couleurs*.

ARDELL (J. Mac.)

7. La Famille de Balthazar Gerbier, d'après Rubens (G. Goodwin, 42). Très belle épreuve.

8. Rembrandt's Mother, d'après Rembrandt (118). Superbe épreuve du 1er état, *avant toute lettre*.

9. *Reubens's Wife*, d'apr. Rubens. Très belle épreuve d'une pièce *non décrite* par G. Goodwin.

AVELINE (F. A.)

10. Les Saisons. Suite de 4 pl. Très belles épreuves.

BAUDOUIN (d'après P. A.)

11. Le Fruit de l'Amour secret, par Voyez l'aîné (23).
Superbe épreuve *avant toute lettre*.

BEISSON (Etienne)

12. Mirabeau, en pied, d'apr. J. Boze, 1789. Très belle
épreuve, toute marge.

BERVIC (Ch. Cl.)

13. Louis Seize, d'après Callet. Belle épreuve de la
planche raccordée (doublée).

BIGG (d'après W. R.)

14. *School Boys giving Charity to a Blind Man*, par
J. R. Smith. Epreuve *coloriée* (petites cassures).
Encadrée.

BOUCHER (d'après F.)

15. Les deux Confidentes, par J. Ouvrier. Belle épreuve
avant la lettre.

16. Vénus sur les eaux, par J. C. Le Vasseur. Belle
épreuve (épidermure).

17. Vénus sur les eaux, par P. E. Moitte. Belle épreuve
(petite cassure).

18. Jeune Femme assise, par Bonnet. Très belle épreuve
tirée en sanguine.

19. La Laveuse, par Bonnet. Très belle épreuve *tirée
en sanguine*.

BOULLONGNE (d'après L. de)

20. Les Eléments. Suite de 4 pl., par C. Ab. Aqua.
Belles épreuves, *coloriées*.

Nº 7 du Catalogue.

BUNBURY (d'après W. H.)

21. *Friar Philipp's Glese*, par Th. Watson, 1782. Belle épreuve *tirée en bistre*. Encadrée.

22. Charlotte, par F. Bartolozzi. Belle épreuve. Encadrée.

CANOT (d'après P. C.)

23. Le Souhait de la bonne année au Grand-Papa, par Le Bas. Très belle épreuve.

CARESME (d'après Ph.)

24. Le Marchand d'orviétan de campagne, par Bonnet. Très belle épreuve *imp. en couleurs*.

CARMONTELLE (d'après L. C. de)

25. Mlle Allard et Dauberval dansant un pas de deux, par Tilliard. Belle épreuve.

CHALLE (d'après M. A.)

26. La Belle Toilette ou les Appas multipliés, par Bonnet. Très belle épreuve, *imp. en couleurs* (filet de marge).

CHARDIN (d'après J. B. S.)

27. Dame prenant son thé, par Fillœul (13). Bonne épreuve.

28. L'Ecureuse, par C. N. Cochin (16). Belle épreuve.

29. La Mère laborieuse, par Lépicié (35). Bonne épreuve.

CHEVILLET (Juste)

30. La Santé portée — La Santé rendue. Deux pièces, d'apr. G. Terburg, se faisant pendants. Très belles épreuves.

COCHIN fils (d'après **C. N.**)

31. Le Château de Cartes — Le Camouflet. Deux pièces, par N. Dupuis, se faisant pendants. Belles épreuves.

COOPER (Richard)

32. Les Enfants de Charles Iᵉʳ, d'apr. Ant. van Dyck. Belle épreuve.

COQUERET (P. C.)

33. Les Ennuyés chez eux, d'après C. Vernet (café Procope?). Belle et rare épreuve, *avant toute lettre.*

COSTUMES

34. Costumes de Ballet, 24 pl. en cahier (*M. Engelbrecht excudit*). Belles épreuves.

35. *L'Argent fait l'Amant* — L'Elégant petite Maître — Costumes de Femme. Quatre pièces *coloriées.*

36. — Galerie des Modes — 1 pl. (cahier B, 10ᵉ planche) — 4 pl. du même ouvrage, copies publ. par J.-M. Will. Ensemble 5 pièces.

37. Galeries des Modes, pl. 92 et 234, par Dupin, d'apr. Le Clerc. Bonnes épreuves.

38. *Costumes Militaires, par Hoffmann :* Le Régiment de Castella — Le Régiment de Cambrésis — Le Régiment de Guyenne — Le Régiment Royal — Le Régiment de Lyonnois. Cinq pièces. Très belles épreuves, *coloriées.*

39. Le Régiment du Maine — Le Régiment Dauphin — Le Régiment d'Aunis — Le Régiment de la Sarre — Le Régiment Royal-Roussillon. Cinq pièces. Très belles épreuves, *coloriés.*

40. Le Régiment de Condé — Le Régiment de Bourbon — Le Régiment de Beauvoisis — Le Régiment

de Rouergue — Le Régiment Royal la Marine.
Cinq pièces. Très belles épreuves, *coloriées*.

41. Conducteurs de Charrois — Le Régiment de Languedoc — Le Régiment de Beauce — Le Régiment de Touraine — Le Régiment Royal Comtois. Cinq pièces. Très belles épreuves, *coloriées*.

42. Le Régiment de Beaujolais — Le Régiment de Monsieur — Le Régiment d'Auxerrois — Le Régiment de Barrois — Le Régiment de Grenadiers Royaux — Le Régiment d'Enguien. Six pièces. Très belles épreuves, *coloriées*.

43. Modes anglaises (1808-1813). 72 planches. Très belles épreuves, *coloriées*.

44. La Mésangère, 28 planches, copies contemporaines suédoises, rares — Modes allemandes, 1800, 9 pl. — Modes anglaises, 1823, 1824, 9 pl. Ensemble 46 pièces. Très belles épreuves, *coloriées*.

45. Costumes Militaires Suédois, 1824 (Stendyck of C. Muller), 17 pl. Très belles épreuves, *coloriées*.

46. Mobilier anglais — Costume Parisien — Mobilier Duhamel, etc., 38 pièces *coloriées*.

47. Costumes divers. 19 pièces *coloriées*.

48. Costumes Militaires français et anglais, scènes de batailles, 48 pl.

COYPEL (d'après Ch.)

49. Mad⁰ de*** (Mouchy) *en habit de Bal*, par L. Surugue. Très belle épreuve.

DANSE

50. *Positions et attitudes de l'Allemande*, titre, suite de 12 pl. et pl. de musique (à Paris, chez Crepy). Belles épreuves, rares.

Nᵒ 59 du Catalogue.

DAULLÉ (J.)

51. Mme Favart, d'apr. C. Van Loo (E. D. 18). Très belle épreuve du 1er état, *non décrit*, *avant* l'adresse du graveur.

DEBUCOURT (P. L.)

52. Ste Madeleine (M. F. 549). Epreuve sous verre.

DE MACHY (d'après)

53. Ruines Romaines, par De Machy fils. Belle et rare épreuve *avant toute lettre, imp. en couleurs.*

DEMARTEAU (G.)

54. Jeune Paysanne et deux Enfants, d'apr. Boucher (55). Très belle épreuve, *tirée en sanguine.*

55. Le Sommeil, d'apr. Boucher (82). Belle épreuve, *tirée en sanguine.*

56. Tête de Faune — Enfants (n°s 93-94). Trois pièces d'apr. Boucher. Très belles épreuves, *tirées en sanguine.*

57. Jupiter et Léda, d'apr. F. Boucher (220). Belle épreuve *tirée en sanguine.*

58. Têtes de Femmes, d'apr. Boucher (238-239). Deux pièces. Belles épreuves, *tirées en sanguine.*

59. Bergère Russe, d'apr. Le Prince (255). Très belle épreuve, *tirée en sanguine.*

60. Femme en costume oriental, tenant un petit oiseau, d'apr. Le Prince (537). Très belle épreuve, *tirée en sanguine.*

61. Tête de Vierge, d'apr. Vincent. Très belle épreuve, *avant toute lettre, imp. en 3 tons.*

62. Têtes d'Enfants (titre d'album) — Principes de
Dessein (sic) — Groupe de 4 Têtes — Vieilles
hollandaises — Animaux. — Fillette au volant.
Huit pièces. Belles épreuves, *tirées en sanguine*.

DESRAIS (d'après C. L.)

63. Jupiter nourri par la chèvre Amalthée, par Colson.
Très belle épreuve, *imp. en couleurs*.

DE TROY (d'après F.)

64. Toilette pour le Bal, par J. Beauvarlet. Très belle
épreuve du 1ᵉʳ tirage.

DREVET (Pierre)

65. Boileau (Nic), d'apr. H. Rigaud (24). Très belle
épreuve.

DREVET (P. I.)

66. Bernard (Samuel), d'apr. H. Rigaud. Epreuve
manquant de conservation. Encadrée.

DROUAIS (d'après F.)

67. Les Enfants du Pᶜᵉ de Turenne, par Melini. Très
belle épreuve.

DUFLOS (Claude)

68. Les Pélerins d'Emmaüs, d'apr. P. Véronèse. Très
belle épreuve.

DUPLESSI-BERTAUX (J.)

69. Armée Française, titre et 16 pl. *avant la lettre*.

EARLOM (Richard)

70. *Rubens's Son and Nurse*, d'après Rubens. Très
belle épreuve (légères piqûres).

71. Le Duc d'Arenberg, à cheval, d'apr. A. van Dyck, 1783. Superbe épreuve.

72. *The Misers*, d'apr. Quentin Matsys. Superbe épreuve, *à la lettre grise*.

73. Abisag choisie pour échauffer David, d'apr. A. van der Werff. Superbe épreuve, *avant la lettre*.

74. An Iron Forge. Très belle épreuve *avant la lettre*.

ÉCOLES FRANÇAISE ET ANGLAISE (xviiiᵉ Siècle)

75. Angélique et Médor. De forme ovale. Belle épreuve, *imp. en couleurs*.

76. Scènes champêtres. Deux pièces se faisant pendants. Belles épreuves *tirées en sanguine*.

77. Le Cadeau de l'Amour, par Bendely, d'apr. Vangorp — L'Enfant et le Papillon — Paysages 2 pⁱ d'apr. K. Du Jardin — Scène de genre, par L. Perrot, d'apr. Sablet — Intérieur d'une Ferme, par Jubier, d'apr. Huet. Six pièces.

78. Le Maître de musique — Le Petit Prédicateur — La Cascade, etc. Huit pl. d'apr. Boucher, Le Prince, Fragonard et autres, plusieurs sur belles épreuves.

79. La Jouissance — L'Amant dangereux — Hercule et Omphale — La Perte irréparable, etc., 9 pl. d'apr. Le Moyne, Demonchy, le Guerchin, etc. 3 *avant l. l.*

80. Sujets divers, par Fragonard, Le Prince, Demarteau, Parrocel — Viala, par Pitou. Neuf pièces. Belles épreuves, deux *imp. en couleurs*.

81. Histoire de Charles Iᵉʳ, roi d'Angleterre, 9 planches par Lépicié, Dupuis, etc. d'apr. divers peintres. (salies).

82. Sujets divers, d'apr. Boucher, Fragonard et Watteau, par Boucher S' Non., etc. Belles épreuves.

83. Le Jugement du Compère Pierre — Jeux d'Enfants — Lequel des deux est le plus Espiègle ? — Le Soir — Le petit Flûtiste — La Douceur, etc. Onze pièces d'apr. Lancret, Hamilton, Fragonard, Wolff, etc., la plupart en belles épreuves.

EDELINCK (G.) — LUBIN (J.)

84. Portraits des Grands Hommes, de Perrault. Vingt-six pièces. Belles épreuves.

EISEN (d'après Ch.)

85. Culs-de-Lampe. Douze pièces. Très belles épreuves.

EX-LIBRIS

86. Ex-libris Grimod de la Reynière, 3 épreuves.

FRAGONARD (Honoré)

87. Le Petit Parc. (4). Belle épreuve. Rare.

88. La Bonne Mère — Le Serment d'Amour. Deux pièces par N. De Launay et J. Mathieu, se faisant pendants. Très belles épreuves.

89. Le Songe d'Amour — La Fontaine d'Amour. Deux pièces par N. F. Regnault, se faisant pendants. Très belles épreuves.

GAINSBOROUGH (d'après Th.)

90. *His Royal Highness George Prince of Wales*, par J. R. Smith, 1783. Très belle épreuve.

GAUCHER (Ch. Et.)

91. Du Barry (Mme), dans un encadrement de roses, d'apr. Drouais. Belle épreuve, toutes marges — Leczinska (Marie), d'apr. Nathier. Belle épreuve. Deux pièces.

GÉRARD (d'après Mlle)

92. L'Art d'Aimer, par H. Gérard. Belle épreuve.

GREUZE (d'après J. B.)

93. L'Offrande à l'Amour, par Macret. Très belle épreuve, *signée* au verso par l'éditeur.

GREUZE et JEAURAT (d'après)

94. Le Petit Frère — La petite Sœur — Tête de fillette. Trois pièces par J. B. Lucien. Belles épreuves, *tirées en sanguine*.

GUYOT (Laurent)?

95. Le Prince de Lambesc aux Tuileries. Très belle épreuve, *imp. en couleurs*. Rare.

HOGARTH (d'après W.)

96. Le Mariage à la Mode. Suite complète de 6 pl. Très belles épreuves.

HUET (d'après J. B.)

97. Les Vendangeurs — Le Repos des Vendangeurs. Deux pièces par J. A. Léveillé, se faisant pendants. Très belles épreuves, *imp. en couleurs* (sans marges).

98. La Laitière, par Demarteau (407). Belle épreuve, *tirée en 2 tons* (remmargée).

99. Etude d'Animaux, par Bonnet. Belle épreuve, *imp. en couleurs* (sans marges).

JANINET (J. F.)

100. Restes du Palais du Pape Jules, d'apr. H. Robert. Belle épreuve, *imp. en couleurs*.

101. Reste d'un Ancien Temple aux Environs de Puzzole, d'apr. Clérisseau. Belle épreuve, *imp. en couleurs*.

N° 87 du Catalogue.

102. Henri IV — Sully. Deux pièces, d'apr. Rubens, se faisant pendants. Belles épreuves, *imp. en couleurs*.

103. Franklin (B.). Belle épreuve, *imp. en couleurs* (sans marges).

JANINET — LE CAMPION

104. Vues de Paris : Palais-Royal — Porte S' Martin — La Monnoie, 3 pl. — Théâtres Français et Italien, Palais de Justice, 3 motifs sur la même pl. Belles épreuves, *imp. en couleurs*.

JAZET (J. P. M.)

105. La Souris échappée — Le Lapin sur le mur. Deux pièces d'apr. Burnett et Wilkie, se faisant pendants. Belles épreuves, *imp. en couleurs*.

106. Le Départ pour le Marché — Le Marché conclu. Deux pendants.

KAUFFMAN (d'après Angelica)

107. Affliction? par W. Ryland. Belle épreuve *tirée en bistre* et rehaussée.

LAGRENÉE (d'après)

108. Profil de Femme, par Bonnet. Belle épreuve aux trois crayons.

LANCRET (d'après N.)

109. D'un Baiser que Tircis... par S. Silvestre (29). Belle épreuve.

110. Le Jeu des Quatre Coins, par N. de Larmessin (44). Très belle épreuve *avant le changement d'adresse*.

111. La Joye au théâtre, par Crepy fils (46). — L'Occasion fortunée, par G. Scotin (54). Deux pièces se faisant pendants. Très belles épreuves.

112. Le Printemps, par B. Audran (E. B. 64). Belle épreuve.

113. Le petit Chien qui secoue de l'argent... — La Servante justifiée — Les Deux Amis. Trois pièces, par N. de Larmessin. Belles épreuves (courtes de marges).

LARMESSIN (N. de)

114. Louis, Dauphin de France, d'après Tocqué. Très belle épreuve.

115. Marie Leczinska, en costume de cour, d'apr. Van Loo. Très belle épreuve.

LAVREINCE (d'après N.)

116. Le Concert agréable — Le Mercure de France (13 et 38). Deux pièces par C. N. Varin et Guttenberg, se faisant pendants. Belles épreuves, *avant la lettre.*

117. Mme Dugazon, par Colinet. Epreuve *avant toute lettre, imp. en couleurs, sur soie.*

LE BAS (J. Ph.)

118. La Marchande de beignets, 1753. Très belle épreuve.

LEBEL (d'après F.)

119. Elle est prise, par Lerouge. Très belle et rare épreuve *avant toute lettre*, seulement avec le nom du graveur tracé à la pointe.

LE CAMPION — GRAVELOT (H.)

120. Vue de l'Intérieur des Enfants trouvés, d'apr. Testard, *imp. en couleurs* — Sujets mythologiques, dans des Cartouches, 4 pl. formant série. Cinq pièces. Belles épreuves.

LE CLERC (d'après)

121. Têtes de jeunes Femmes. Trois pièces, par L.-M. Bonnet. Très belles épreuves, *tirées en sanguine*.

122. Leclerc dessinant. Belle épreuve *tirée en sanguine*.

LE PRINCE (d'après J. B.)

123. Sites d'Italie. Suite de 6 planches, par l'abbé de Saint-Non. Très belles épreuves.

LE PRINCE — SAINT-NON

124. La Cascade — Les Filets — Nymphes et Amours — Jardins Borghèse — Allégorie. Cinq pièces. Belles épreuves.

LOUTHERBOURG (P. J. de) — COCHIN FILS (C. N.)

125. The Glorious Victory obtained over the French Fleet by the British Fleet... First of June, 1794, par J. Fittler — Décoration du Bal Masqué, 1745. Deux pl. gr. in-fol.

MARTINET (F. N.)

126. L'Heureux retour — Le Tableau à la mode. Deux pièces se faisant pendants. Belles épreuves.

MASSON (Antoine)

127. Cureau de la Chambre (Marin), d'apr. P. Mignard (24). Belle épreuve du 1ᵉʳ état.

MOREAU (d'après J. M.)

128. Les Vœux accomplis (la Cᵗᵉˢˢᵉ d'Artois), par J. B. Simonet (265). Très belle épreuve du 2ᵉ état, avant toute lettre.

MONNET (d'après Ch.)

129. Frontispice pour une *Histoire de France*. Epreuve aquarellée et gouachée. Collection Repnine. Encadrée.

N.º 88 du Catalogue.

MORLAND (d'après G.)

130. Rustic Employment, par J. R. Smith. Belle épreuve tirée en bistre. Encadrée (petites cassures).

131. Louisa. Deux pièces par A. Legrand, se faisant pendants. Belles épreuves *imp. en couleurs* (piqûres).

NANTEUIL (Robert)

132. Seguier (Pierre), d'apr. Ch. Le Brun (R. D. 222). Très belle épreuve du 1ᵉʳ état, *avant* le nom du personnage.

NAPOLÉON Iᵉʳ

133. Napoléon — Marie-Louise. Deux pⁱᵉˢ par Duplessi-Bertaux et Bovinet, épreuves *coloriées*, enca-drées — Après vous, Sire — On ne passe pas. Ensemble 4 pièces.

134. Les Adieux de Fontainebleau — Apothéose de l'Empire — Bonaparte franchissant les Alpes — Bivouac des allemands avant la bataille de Gross-Beeren, 1813. Quatre pièces in-fol.

NATTIER (d'après J. M.)

135. La Force (Mᵐᵉ de Châteauroux). Très belle épreuve *avant l'adresse de Surugue* et *avant* que les noms des artistes aient été gravés en marge.

ORNEMENTS

136. Babel (P. E.). Cartouches, 4 pl. (d'une suite de 8). Très belles épreuves.

137. La Fosse (J. C. de) — La Joue. Attributs, 6 pl. — Trône du Grand Seigneur. Ensemble 7 pl. Belles épreuves.

138. Le Pautre (J.) — Rabel. Vases à la moderne, 4 pl. Fontaines et bassins — Lambris, 6 pl. — Lambris — Cartouches, 12 pl. Ensemble 37 pièces. Belles épreuves.

139. RANSON, Trophées, 4 pl. (1, 2, 4, 5). Belles épreuves.

140. RANSON : Attributs, 5 pl. et 1 copie. Belles épreuves.

141. IV Cahier de Différentes Grilles dans le plus nouveau goût, 4 pl. — Devises dans des cartouches, 16 pl. — Vases, 3 pl. Ensemble 24 pièces.

142. Fleurs — Carosse — Serrurerie — En-têtes et culs-de-lampe, 31 pl.

PAPIER ANCIEN

143. Lot de papier ancien.

PARIS

144. Vues de Paris, 24 planches (optique).

PARIZEAU (Ph. L.)

145. Sacrifice aux Grâces. Belle épreuve *tirée en bistre*.

PATER (d'après J. B.)

146. Le Glouton — Le Cocu battu et content. Deux pièces par Ravenet et Fillœul. Deux pièces.

147. La Pintresse *(sic)*, par Galimard — Scène galante, par Fillœul. Deux pièces.

PETERS (d'après W.)

148. *Sylvia — Love in her eye sites playing*. Deux pièces se faisant pendants, publiées par Boydell et Walker, 1778. Belles épreuves.

PORTRAITS

149. Tassis (Me Louise de), par C. Vermeulen, d'apr. Van Dyck — Anne d'Autriche, par Mellan — Le Tellier (Michel), par Lasne. Trois pièces. Belles épreuves.

150. Charles Ier, par P. van Gunst, d'apr. A. van Dyck — Anonyme, deux pièces (une sans marge).

151. Louis XVI — Louis XVI, Marie-Antoinette et le
Dauphin — Louis XII, Henri IV et Louis XVI
— Louis XVI prononce un discours, 4 pl. par
A. de St-Aubin et N. De Launay, deux *avant la
lettre*.

152. Atholl (Earl of), par Knight, d'apr. Hoppner —
St. Poniatowski, par Bettellini, d'apr. A. Kauff-
mann — J. M. Terray, par Cathelin, d'apr. Roslin
— L. Delamet, par P. Drevet. Quatre pièces.

153. FEMMES : Marie-Antoinette — Mme Favart, par
J. Flipart — Marie-Louise, par Augrand —
Mlle Mayer, par Sirouy, d'apr. Prud'hon — Jenny
Vertpré, par Grevedon. Cinq pièces. Belles
épreuves.

154. Gautier (Théophile), 5 pl. par Bracquemond,
Bodin, Wolff, etc. — Fillette, par F. Courboin
(d'apr. Th. Gautier?). Six pièces.

155. Louis XVI, par Canu — Mirabeau — Viala, par
Pitou et par Chéreau — Mably, par Alix —
Marie-Louise, par Mansfeld. Six pièces. Belles
épreuves *(4 imp. en couleurs ou coloriées)*.

156. Voltaire — Le Déjeuner de Ferney. Sept pièces
par St Aubin, Le Roy, Carmontelle, Moreau
le jeune et Née. Belles épreuves.

157. Louis XVIII — de Bourgongne — de Montauzier
— Necker — Duc de Brissac — Gentil Bernard
— Condé, etc., 10 pl. par Alix, St Aubin, Gaucher,
etc., une *avant l. l.*, une *imp. en couleurs*.

158. Restout (J.) — Caylus, par Cochin fils — L'Abbé
Aubert — D. Hume — Mme Deshoulières, etc.
Huit pièces. Belles épreuves.

159. FEMMES : Marie Thérèse d'Autriche — Catherine II
— Provence (C^{sse} de) — Marie-Louise — Mme de
Montespan, etc., 8 pl. par Nilson, St Aubin,
Cathelin, *3 avant la lettre*.

160. Aumale (D⁰ˢ d') — Berry (Duc de) — Henri IV —
Pastoret (Mⁱˢ de) — Corot — George Sand, etc.
Neuf pièces par Hédouin, Audouin, H. Dupont,
Calamatta, etc.

161. Personnages célèbres (Plutarque |Français, Série
Ménard et Desenne, Hommes utiles), 270 pl. en
partie *avant la lettre*.

PRUDHON

162. Vignettes pour l'*Art d'aimer*, de Gentil Bernard,
suite de 4 pl. par Prudhon, Copia et Roger.

QUENEDEY (Edme)

163. Mᵐᵉ Debucourt. Très rare. Belle épreuve.

164. Hérault de Séchelles. Belle épreuve, *imp. en couleurs*.

165. De Tréfonds — Salis. Deux pièces. Très belles
épreuves, *imp. en couleurs*.

166. FEMMES : Albertine — Cˢˢᵉ de l'Anglade — Pˢˢᵉ
d'Arenberg — d'Ayrin — Olga Bariatinska —
de Brackentroffer — Mˡˡᵉ de Cassiny — Mˡˡᵉ Clavel
— Cottin — Dehement — de Bellissen — de
Dormoy, etc., 24 pl. Belles épreuves.

167. FEMMES : Mᵐᵉ Lefortier — Mercy d'Argenteau —
Jacob, de Reims — de Kérengal — Lancome —
Milan — Cˢˢᵉ de Montecassini — Garnier-Wayrot
— Mᵐᵉˢ de Grécourt — Mˡˡᵉ de Hercey — Mⁱˢᵉ de
Villena — Mˡˡᵉ d'Aulnoy — Laroche — Lartigue.
Seize pièces. Belles épreuves.

168. FEMMES : Bⁿⁿᵉ de Willmann — Mˡˡᵉ de Viry —
Vilain XIV — de Verdun — Mˡˡᵉ Vasse — Bⁿⁿᵉ van
Thuylen — de Turgot — Trottéaga — Cˢˢᵉ de
Trastamar — de Staël, ambassadrice de Suède —
Soyez — Smith — Savon — Romilly — Rigaud
— R. Faber — Parcus — Préville — Pinheiro

Ferreira — Picot — Perret — de Passeck — Nikonoff — Morel. Vingt-six pièces. Belles épreuves.

169. FEMMES : Bollingbroke — C^{sse} Ferrand — Mlle Fabricius — Esprit — Dutramblay (Mme) — Anonymes, 26 pl. Belles épreuves.

170. MILITAIRES : de Montagnac — Osten — Cte de Pimodan — Vezian — Vial — Gal Saunier — de Blangy — de Cléry — Vte d'Etoquigny — de la Bourdonnaye, etc., 13 pl. Belles épreuves.

171. MILITAIRES : Larrey — Cherboff — de Miremont — Anonymes autrichiens, suédois, espagnols, etc., 28 pl. Belles épreuves.

172. MUSICIENS : Cherubini — Berton — Dusseck — Gaveaux — Gluck — Mozart — Bach — Haydn — Méhul — Kreutzer, etc., 10 pl. (plusieurs manquent de conservation).

173. Musiciens et personnages divers, 13 pl. (plusieurs manquent de conservation).

174. ANGLAIS et AMÉRICAINS : Hartmann — Hott — Later — West — F. Buxo — Colas — Dickson — Lord Elliot — Evans — Yrisarri — Vial, etc., 15 pl. Belles épreuves.

175. Heiligenthal, de Strasbourg — Guyot — Mis de Champagneu — de Minut — Cte de Kesselstatt, etc.

176. de Partz — Précy — Mauriet — Mazoir jeune — Michklop, russe — de Miremont — Montlaur, de Pau — Mottard, de Lyon — de Neuilly — Peyrusse — Oginsky — Muniksima, etc., 25 pl. Belles épreuves.

177. Rey, de Nîmes — Quesney — de Pontet — Pontalbac fils, page — Portalis — P. C. Marchant, médecin — Richomme — Marchal, de Strasbourg — de Marcenay — Maine de Biran — Lhuillier, etc., 25 pl. Belles épreuves.

N° 190 du Catalogue.

178. Bazile — Antoine — Alari — Bon de Willmann —
de Villebois — de Verin — Vérité, horloger —
d'Urbach — Cte de Turpin, etc., 25 pl. Belles
épreuves.

179. Fournier — Froissard — Cte de St Astier — Abbé
de Floirac — Fleury — Z. Ferret — C. Fabre, de
Bordeaux, etc., 25 pl. Belles épreuves.

180. Dupon — Durand — Echeverria — Lazzario —
Anonymes — Duclos, médecin — Mr Donzel, etc.,
25 pl. Belles épreuves.

181. Dollé — Despieds — Deminiac — De Metz de
Thorigny — Dehement — de Danne — Dallema-
gne — A. Courtois — Cottin, apothicaire — de
Combray — Chauchat — Charles X — Chalu,
etc. Vingt-cinq pl. Belles épreuves.

182. De Maupas — Pitou — de Piedou fils — Margue-
rite — Anonymes, 25 pl. Belles épreuves.

183. Bon de Cazier — Carl, de Strasbourg — Cte de
Burry — Bordereau — de Bordenave — Boissy
d'Anglas — de Béthune — Béguin — Abbé
Bégon — Mercadier, médecin — Laroche, médecin — Baron de Courlande, etc., 25 pl. Belles
épreuves.

184. Lasalle, de Nancy — Galbaud — Garnier Wayrot
— Gay — Gastelier — Gœthals, de Bordeaux —
Gontaut de Biron — Hirsmer, de Strasbourg —
Jallot — Jauffret — de Jousserand, etc., 27 pl.
Belles épreuves.

185. De Trotteaga — Tosia, de Bordeaux — Bon Tierry
— Terrier, de Nantes — de Tarade — Stuart, Sué-
dois — Bon de Steinmetz — Seixas, de New-
York — Salambier — Cte de St Cloud, etc., 25 pl.
Belles épreuves.

186. Portraits anonymes, 53 pl. Belles épreuves.

REMBRANDT VAN RIJN

187. Le Sacrifice d'Abraham (B. 35 D. 40). Très belle épreuve *avec barbes* (très petite épidermure).

188. Le Joueur de cartes (B. 136 D. 135). Très belle épreuve du 1ᵉʳ état. Collection Arozarena.

REYNOLDS (d'après J.)

189. Lord Romney, en pied, par J. Finlayson, 1773. Belle épreuve (petites restaurations).

RUSSELL (d'après J.)

190. *Rural Employement*, par P. W. Tomkins. 1790. Très belle épreuve *avant* le titre changé, *tirée en bistre*.

191. *The Dogs first sight of himself — Betsy in Trouble*. Deux pièces par N. Schiavonetti. Belles épreuves.

SAINT-AUBIN (Aug. de)

192. Etrennes galantes des Promenades et Amusements de Paris et de ses environs, 1781, 12 pièces.

193. L'Hommage réciproque (Mᵐᵉ de St-Aubin), par Gautier. Belle épreuve *tirée en bistre* (sans marge).

194. La Sollicitude Maternelle — La Tendresse maternelle. Deux pièces par Sergent, Phelipeaux et Monet. Belles épreuves *imp. en couleurs* (piqûres, petite cassure à une pl.)

SMITH (d'après J. R.)

195. Une Pucelle, par Levilly. Belle épreuve.

STRANGE (Robert)

196. Charles Ier, Roi d'Angleterre — Henriette Marie,
Reine d'Angleterre. Deux pièces, d'apr. A. van
Dyck, se faisant pendants (Ch. Le B. 45 et 48).
Superbes épreuves.

197. Charles Ier, en manteau royal, d'après A. van Dyck
(46). Très belle épreuve.

SUYDERHOEF — SOMPEL — LOUYS

198. Charles de Bourgogne, Philippe de Bourgogne,
Jean de Bourgogne. Trois pièces. Très belles
épreuves.

TIEPOLO (J. B.)

199. Le Mendiant assis et vu de dos (A. de V. 28). Très
belle épreuve du 1er état.

VAN LOO (d'après C.)

200. Marquis de Sabran, par J. Chereau. Superbe
épreuve de la collection Didot.

201. Mlle Clairon, dans Médée, par Cars et Beauvarlet
(sans marges, encadrée).

202. La Confidence, par Beauvarlet. Très belle épreuve
(remmargée).

VERKOLIE (Nicolas)

203. Picart (Bernard), 1715. Très belle épreuve.

VIGNETTES

204. Vignettes du XVIIIe siècle à l'*état d'eau-forte pure*,
pour le Décameron, les Métamorphores d'Ovide,
le Lutrin, Daphnis et Chloé, Idylles de Berquin,
etc., 25 pièces. Belles épreuves.

205. Vignettes, en-têtes et culs-de-lampes du XVIIIᵉ siècle, 68 pièces *avant la lettre* ou à l'*état d'eau-forte pure*. Très belles épreuves.

206. Vignettes du XIXᵉ siècle, à l'état *d'eau-forte pure*, ou *avant la lettre*, 80 pièces. Très belles épreuves.

WATTEAU (Antoine)

207. La Troupe Italienne (E. de G. 1). Belle épreuve (sans marge).

208. Escorte d'équipages, par Cars (56). Très belle épreuve.

209. L'Amour au Théâtre Italien, par C. N. Cochin (69). Très belle épreuve.

210. La Villageoise, par Aveline (90). Très belle épreuve (petites épidermures).

211. L'Avanturière (sic), par Crepy fils (109 A). Belle épreuve. Encadrée.

212. La Colation, par J. Moyreau (118). Très belle épreuve.

213. Récréation Italienne, par Aveline (160). Epreuve doublée.

214. Heureux âge, par Tardieu — Figures diverses, 17 pl. par Boucher, Audran, Caylus, Filleul, la plupart en belles épreuves.

215. Le Berger content — Le Chat malade — The Lute Player — Colation champestre, etc. Six pièces (une sous verre, plusieurs manquent de conservation).

WESTALL (d'après R.)

216. *Gleaners — Hop Pickers*. Deux pièces par Klauber, imp. en sanguine, se faisant pendants.

WHEATLEY (d'après F.)

217. Le Départ du pêcheur, par J. Barney, 1803. Belle épreuve, *imp. en couleurs*.

WILLE FILS (d'après P. A.)

218. La Double récompense du mérite — Le Patriotisme Français. Deux pièces par Avril, se faisant pendants. Belles épreuves *avant la lettre* (légères épidermures).

WOLSTENHOLME (D.)

219. Un Entrepôt, 1810. Bonne épreuve *avant la lettre*.

WOOLETT (William)

220. *The Battle at La Hogue*, d'apr. B. West. Très belle épreuve *avant* les pointes, après le nom du graveur.

221. *The Cottagers*, d'apr. C. Dusart. Superbe épreuve avec l'adresse « Fleet Street », à toutes marges.

222. Sous ce n°, il sera vendu quelques pièces non cataloguées.

Imp. Frazier-Soye, 155-157, rue Montmartre, Paris.

RED. :

20

graphicom

MIRE ISO N° 1
NF Z 43-007
AFNOR
Cedex 7 - 92080 PARIS-LA-DEFENSE

0 1 2 3 4 5 6 7 8 9 10

BIBLIOTHEQUE
NATIONALE
DE FRANCE
****

CHATEAU
DE
SABLE
1996

www.ingramcontent.com/pod-product-compliance
Lightning Source LLC
LaVergne TN
LVHW021758060726
842528LV00003B/1014